OBSERVATIONS

SUR UN ÉCRIT

DE M. LE GÉNÉRAL BERTON.

IMPRIMERIE DE LE NORMANT, RUE DE SEINE.

OBSERVATIONS

SUR UN ÉCRIT

DE M. LE GÉNÉRAL BERTON,

MARÉCHAL-DE-CAMP.

Je veux que le pouvoir soit fort; non
pour être opprimé, mais pour qu'il em-
pêche que l'on m'opprime.

RIVAROL.

A PARIS,

CHEZ LE NORMANT, IMPRIMEUR-LIBRAIRE,
RUE DE SEINE, Nº 8, PRÈS LE PONT DES ARTS.

MDCCCXX.

OBSERVATIONS

SUR UN ÉCRIT

DE M. LE GÉNÉRAL BERTON.

LES brochures se multiplient avec une incroyable rapidité : chaque jour voit naître la sienne ; il est vrai que bien souvent il la voit aussi mourir ; mais le trait n'en est pas moins lancé, et, pour le saisir au passage, il se trouve toujours quelques uns de ces esprits disposés à échanger la confiance qu'ils ont, contre les soupçons qu'on leur communique.

La plupart de ces brochures n'ont guère d'autre but. Ceux qui les écrivent savent fort bien que le pouvoir ne peut parler au peuple que par ses actes; de sorte que les dénaturer ou les flétrir, c'est détruire, ou du moins rendre suspects les rapports établis entre le peuple et le pouvoir.

Le pouvoir légitime existe pour défendre la société. Je dis pouvoir légitime; car un pouvoir usurpé ne peut rien défendre. Quand le premier des intérêts sociaux est violé, tous les intérêts secondaires sont en souffrance, et l'usurpation ne protège personne, parce qu'elle a bien assez du soin de son propre salut.

Mais, pour que le pouvoir légitime soit à même de défendre la société, il faut que la société soit bien convaincue qu'il la défend; en détruisant cette confiance, on compromettroit l'autorité; et que seroit-ce si l'on posoit en principe que toute autorité est oppressive de sa nature, et que ses actes, quels qu'ils soient, sont des attaques contre lesquelles il faut se mettre en garde? Le pouvoir alors n'auroit plus qu'à tomber; il

auroit perdu son véritable, son seul appui,
la confiance publique.

C'est en effet à la chute du pouvoir que
tendent, parmi nous, les efforts de certains
hommes ennemis, les uns, du frein légitime, les autres, de toute espèce de frein.
Ceux-ci envisageant la France comme une
proie qui leur sera livrée par l'anarchie ; ceux-
là ne voulant détruire le pouvoir que pour
le reconstituer à leur profit : « Insensés !
» qui ne sentent pas que ce même peuple,
» dont ils cherchent à se servir pour abattre
» l'autorité des magistrats, ne reconnoîtra
» pas la leur, dès qu'ils seront obligés de
» demander ce que les magistrats en
» exigent (1)! »

C'est principalement à l'approche des
élections que l'activité de ces hommes re-
double. Il leur importe de corrompre
l'opinion pour que l'opinion choisisse des

____

(1) Cardinal de Retz.

interprètes corrompus comme elle; il leur importe de montrer le gouvernement dans une attitude hostile, pour que les suffrages se portent sur ceux qui sont accoutumés à le combattre; enfin il est de leur politique de supposer à l'autorité des intentions destructives de certains intérêts pour que le désordre des esprits rende possible le désordre des choses.

Sans doute, des ministres ont besoin d'être éclairé. C'est une vérité sentie par le législateur qui nous a donné la Charte. En consacrant la liberté de la presse il a voulu qu'il fût possible à tous les avis salutaires, à toutes les plaintes légitimes de se frayer en tout temps un passage; mais, dans cette multitude de brochures qui nous inondent, je cherche en vain une plainte, un avis; je n'y trouve que des outrages : prêtres et religion; chefs et soldats; richesses et propriété; distinctions de rangs et suprématies sociales; royauté même, rien n'est à l'abri de cette audace sacrilége; et l'on diroit, à voir ce déchaînement universel, que le moment est venu de faire le procès à toutes nos institutions.

Il est un cas, cependant, où ces attaques, j'entends celles qui s'adressent directement à l'autorité, pourroient paroître en quelque sorte excusables. C'est lorsqu'elles viennent d'un homme qui réclame contre une injustice, ou contre une mesure juste, mais trop rigoureuse à ses yeux.

C'est ce qui vient d'arriver à M. le général Berton, qui croit avoir à se plaindre de M. le baron Mounier. Si la plainte du général étoit fondée, en la consignant dans une brochure, il auroit usé d'une faculté que donne à tous la loi fondamentale de l'Etat; rien ne l'empêcheroit même de s'adresser aux deux Chambres, à l'ouverture de la session prochaine ; la liberté de la presse et le droit de pétition sont une double voie pour la dénonciation des abus.

Mais, de quoi s'agit-il ? M. le général Berton a été arrêté lors des troubles du mois de juin. Cette arrestation est-elle arbitraire ? Voilà toute la question.

Montesquieu a dit : « que le sublime de l'administration étoit de bien connoître quelle est la partie du pouvoir, grande ou petite, que l'on doit appliquer dans diverses circonstances (1). »

Voyons si, dans les circonstances qui ont motivé l'arrestation du général, il y avoit nécessité pour la puissance d'agir dans toute son étendue, ou possibilité de se renfermer dans ses limites. Nous verrons ensuite si la puissance sortie de ses limites ordinaires, n'a pris que des mesures légales et autorisées par notre régime constitutionnel.

Je sais quelle est la défaveur qui s'attache aux apologistes du pouvoir ; cette défaveur est naturelle dans tous les temps : car le pouvoir, même le plus foible, paroît toujours trop fort ; mais elle s'augmente encore

____

(1) *Esprit des Lois.*

uans les temps de troubles. Les ennemis du pouvoir s'indignent de lui trouver des défenseurs. Ils voudroient l'isoler et lui faire ensuite un crime de cet isolement. C'est afin de déjouer ces manœuvres que les bons citoyens doivent entourer le gouvernement; non pour l'approuver s'il s'égare, mais pour lui montrer qu'il est, en France, des hommes qui savent le juger sans haine, sans passions, et lui prêter leur appui au moment du danger. Ainsi, on parviendra à lui donner cette force politique, sans laquelle l'exécution des lois est impossible.

Au mois de juin dernier y avoit-il nécessité pour la puissance de sortir de ses limites ordinaires? Qui oseroit le nier? Ne s'agissoit-il pas d'être ou de ne pas être? La guerre contre nos institutions étoit commencée; le trône de nos Rois ouvertement attaqué. Vainement, au moment même où la voix des magistrats étoit méconnue, et l'obéissance aux lois oubliée, nous parloit-on de respect à la Charte, et vouloit-on nous persuader que ce respect seul mettoit en mouvement la multitude. Et qui ne sait qu'il y a une pudeur, même dans ce qu'il y a de plus hardi et de plus éhonté, qui force toujours les chefs populaires à colorer, avec de la justice et du respect, les motifs qu'ils offrent aux peuples pour les émouvoir? Le masque ne tombe qu'après la victoire. Buonaparte, le 18 brumaire, reprochoit au Directoire d'avoir violé la constitution ; Lucien disoit aux soldats, pour les exciter, qu'il avoit vu, avec horreur, plusieurs membres des Cinq-Cents la déchirer de leurs propres mains. Buonaparte et Lucien, qui prétendoient s'armer pour la défendre, la respectèrent-ils? Deux heures après leur succès, ils la foulèrent aux pieds, et en présentèrent une autre qu'ils ne tardèrent pas à violer à leur tour.

C'est lorsque des circonstances menaçantes forçoient la puissance à agir dans toute son étendue, que M. le maréchal-de-camp Berton a été arrêté. Cette mesure est-elle légale et constitutionnelle ? C'est ce qui nous reste à examiner.

Ici va s'élever la question si souvent agitée de l'arbitraire. Voilà un de ces mots dont on épouvante le vulgaire, faute de le définir. Mais qu'entend-on par arbitraire? est-ce l'application de la loi indépendamment des formes, et suivant la prudence de celui qui l'applique? Nous y consentons : mais, alors, c'est toujours une application de la loi. En ce cas l'arbitraire est légal, puisque la loi a prévu quand et comment on peut s'éloigner des formes ordinaires. Cette définition n'est pas du tout celle que l'on donne à présent à ce mot. L'on veut faire entendre que l'arbitraire n'est autre chose que la volonté de l'homme substituée à celle de la loi : cela est faux. C'est là le despotisme.

Il se trouve précisément que, dans la question que je traite, il n'y a pas même eu d'arbitraire, puisque la loi a été appliquée sans aucune omission et oubli des formes. L'écrit que j'examine en fournit la preuve. Il m'apprend que *c'est en vertu de l'article* 10 *du Code d'instruction criminelle* que l'arrestation a été faite. Elle a donc été légale.

Voilà, pour ce qui concerne l'application de la loi. Passons maintenant à l'examen des formes exigées ; le même écrit nous éclaire encore à cet égard. Il nous fait savoir que la procédure a été régulièrement instruite, et que la troisième chambre du tribunal de première instance du département de la Seine a déclaré qu'il n'y avoit pas lieu à poursuivre. Quoi de plus positif? arrestation en vertu de la loi, accusé traduit devant ses juges naturels, et mise en liberté aussitôt le jugement rendu : rien n'a été violé dans cet acte de la puissance exécutrice, ni la loi, ni les formes.

De quoi se plaint donc M. le maréchal-de-camp? faut-il le dire? de son innocence. Il s'arme de cette innocence pour accuser le magistrat qui l'a déféré aux tribunaux. Pourquoi me faire arrêter, semble-t-il dire, puisque j'étois innocent? Avec cette logique jamais il n'y auroit d'accusé. Jamais une arrestation ne pourroit être faite, et jamais il n'y auroit de jugement : car, pour être jugé, il faut nécessairement que l'on soit soupçonné, arrêté ensuite, et traduit enfin devant un tribunal, qui reconnoît et constate si l'on est en effet coupable ou non. A quoi les fonctions de nos magistrats seroient-elles donc réduites, si les accusés qu'on amène devant eux étoient toujours condamnés d'avance ? Le général Berton est-il le seul innocent qui ait subi un jugement ? et comment se plaindroit-il donc lui, innocent qu'on acquitte, s'il avoit été condamné, quoique innocent ?

Sans doute il est pénible, sans doute il est douloureux pour un militaire, comme pour tout citoyen, de se voir l'objet d'un soupçon injuste ; mais dans ces temps de discordes civiles, dans ces jours déplorables, où les factions cherchent à déchirer le royaume, le pouvoir, lorsqu'il est attaqué, est-il toujours le maître d'écarter les soupçons? la société alarmée ne lui fait-elle pas un devoir, au contraire, d'avoir les yeux constamment ouverts sur ceux qu'elle présume intéressés à la troubler ? ne prend-elle pas, elle-même, le soin de les signaler? refuser d'accueillir ses craintes, ce seroit lui faire croire qu'elle est trahie. Et pourquoi le général Berton nous parle-t-il de sa conduite passée? ignore-t-il que, dans les momens de troubles, c'est moins la conduite passée d'un homme qu'on examine que sa situation présente? Un gouvernement qui tombe ruine tant de fortunes, compromet tant d'existences, contrarie tant de projets, blesse tant de vanités qu'il semble léguer au gouvernement qui lui succède tous ses partisans pour ennemis. Alors la conduite passée n'est plus une garantie suffisante de la bonne conduite actuelle. L'accusation ne se repousse plus par des présomptions; elle ne peut être anéantie que par des faits. C'est un des tristes effets que produisent les révolutions, et ce n'est pas le moins funeste. Heureux encore quand c'est un gouvernement légitime et paternel qui succède à un gouvernement révolutionnaire; fort de ses droits, fort de la justice de sa cause et de l'amour de ses peuples, il peut tout pardonner, tout oublier; ouvrir ses bras à quiconque vient à lui; tenir compte des services rendus et des vertus prouvées ; mais lorsqu'au pouvoir usurpé succède un pouvoir illégal comme lui, ce pouvoir ne pardonne rien ; craint toujours, et, croyant voir partout des ennemis, soupçonne facilement, et punit aussitôt, parce qu'il n'a pas le temps d'attendre que l'accusé se justifie ; ce temps, qu'il donneroit à l'accusé, qui seroit innocent, pourroit être mis à profit par l'accusé qui seroit coupable ; c'est, sans doute, pour de semblables gouvernemens que Machiavel a dit : « Un gouvernement qui ne s'assure pas de tous les partisans du gouvernement auquel il succède compromet son existence. » Machiavel vouloit donc faire des proscriptions et des échafauds un principe de droit politique !

Mais c'est peu d'être craintive, la société devient si défiante lorsqu'elle est menacée que, ne trouvant plus une garantie suffisante dans les lois ordinaires, elle impose au pouvoir la triste nécessité de s'armer des lois d'exceptions (1) ; tourmentée de la crainte

____

(1) Si la puissance législative se croyoit en danger par

2

de perdre à jamais ses libertés, elle les confie au pouvoir pour les lui reprendre ensuite mieux affermies. Certes! je plains la société lorsqu'elle est réduite à cette cruelle extrémité. Je plains le pouvoir lorsqu'il est forcé, pour la défendre, de lui ôter les libertés dont elle jouit; mais plus je le plains, plus il me paroîtroit coupable si, une fois armé de ces lois, long-temps débattues, mais enfin accordées, il les laissoit oisives dans ses mains. Etoient-elles inutiles? Pourquoi les demander. Sont-elles nécessaires? Pourquoi ne pas s'en servir? La société avoit-elle tort de manifester une *vague inquiétude?* Il falloit la rassurer et porter la lumière sur les dangers chimériques dont elle s'alarmoit; avoit-elle raison, et le pouvoir a-t-il bien fait de l'écouter? Qu'il la défende donc, puisqu'il

---

quelque conjuration secrète contre l'Etat, ou quelque intelligence avec les ennemis du dehors, elle pourroit, pour un temps court et limité, permettre à la puissance exécutrice de faire arrêter les citoyens suspects qui ne perdroient leur liberté, pour un temps, que pour la conserver pour toujours. (*Esprit des Lois.*)

a jugé qu'elle avoit raison de se croire menacée.

Elle ne l'étoit que trop, au 5 juin. Dans ce
péril, les magistrats, et plus particulièrement
encore, le magistrat chargé de maintenir la
paix publique, pouvoient s'armer tout à la
fois, des lois ordinaires et des lois d'exceptions ; cependant, l'ont-ils fait? Non, sans
doute ; les lois ordinaires leur ont paru suf-
fisantes ; les individus arrêtés ont été livrés
aux tribunaux, tandis qu'on avoit le droit de
les empêcher d'y paroître lors même qu'ils
l'auroient demandé. On avoit encore le droit
de les priver, trois mois entiers, de leur
liberté, et les magistrats, renonçant à ce
droit, ont accéléré la mise en jugement,
pour que les prévenus, en cas d'innocence,
fussent plus tôt rendus à la liberté.

Cette conduite n'est peut-être pas indigne
de toute estime. C'est pourtant cette conduite
que l'on accuse, et dont on leur demande
compte ; comme si les magistrats avoient
quelques comptes à rendre de leurs actes à

d'autres qu'au pouvoir supérieur sous l'empire duquel ils agissent. Ceux qui se plaignent de la loi, parce qu'elle les frappe, oublieroient-ils que cette même loi protège le bras qu'elle arme contre eux?

Mais ce n'est point au magistrat que l'on s'adresse. *C'est lorsque M. le baron Mounier aura cessé ses fonctions , qu'on prendra la liberté de lui demander audience, afin de le prier de faire connoître la cause qui a pu déterminer M. le directeur-général à user de tant de sévérité.*

Général! vos soldats, lorsque vous avez cessé de les commander, sont-ils venus vous demander compte des actes de votre commandement? Le citoyen est-il responsable des actes de l'officier? Et le magistrat, lorsqu'il cesse ses fonctions, emporte-t-il avec lui le fardeau des actes de son ministère? Il existe une discipline civile aussi bien qu'une discipline militaire. Officier, vos soldats dépendent des règlemens et de vous, qui êtes chargé de les faire exécuter; citoyen, vous dépendez des lois et des magistrats qui veillent à leur exécution. Comment, en quittant ses fonctions, un magistrat deviendroit-il coupable, puisqu'il ne l'a point été lorsqu'il étoit magistrat? Et la preuve, que le magistrat étoit inattaquable, c'est qu'on attend qu'il ne soit plus magistrat pour l'attaquer.

Ce qui paroît irriter le plus M. le maréchal-de-camp, c'est que son épée a été saisie chez lui. Sans doute, si, à la tête d'un régiment, un officier se voyoit dépouillé de ses armes, son front rougiroit, et, peut-être, avant de les rendre, il les briseroit; mais, ce n'est point ainsi que les armes du général lui ont été enlevées. Elles ont été prises dans son domicile, comme des armes semblables auroient pu l'être dans le mien. Ce n'est point l'épée du général qui a été saisie, c'est celle du citoyen; et cela est si vrai que ce n'est point au moment d'une révolte militaire que l'arrestation a été faite, mais bien lorsqu'il s'agissoit d'une émeute populaire. Cela est si vrai encore, que c'est un tribunal civil qui a été chargé de prononcer sur le sort du prévenu, et non point un conseil de guerre.

Plein de son indignation, M. le général s'écrie : *Vous avez de la fortune, je n'en ai pas; vous êtes baron, je n'ai pas l'honneur de l'être; vous êtes commandant de la Légion-d'Honneur; moi, je ne suis que légionnaire ! Tous ces avantages, réunis à vos illustres fonctions du jour, sont-ils des droits légitimes pour faire enlever l'épée d'un général ?* Non, certes ! tous ces avantages ne donneroient aucun droit légitime à un magistrat si la loi n'étoit pas pour lui, et je ne comprends pas ce que signifie ce parallèle. M. le maréchal-de-camp n'est que simple légionnaire, dit-il, j'aime à croire que c'est une injustice ; mais l'armée offre mille officiers parvenus aux premières dignités de cet ordre. Pourquoi donc un magistrat n'obtiendroit-il pas ce que tant d'officiers ont obtenu ? La Légion-d'Honneur n'est-elle pas, tout à la fois, un ordre civil et militaire ? La croix de l'honneur est le prix de tous les talens dans toutes les

carrières ; elle récompense les services rendus à l'Etat, et je ne pense point que l'on
veuille borner ces services à ceux du champ
de bataille. Si la France s'enorgueillit des
guerriers qui, par leur bravoure, savent
conquérir la paix au dehors, elle ne tire pas
moins de gloire des magistrats qui, par leur
sagesse, savent la maintenir en paix avec
elle-même.

De tous ces faits il résulte qu'il y avoit
en effet, au mois de juin, nécessité, pour la
puissance, de sortir de ses limites accou-
tumées, puisque la société n'étoit plus dans
cet état paisible pour lequel suffisent les lois
ordinaires.

Il résulte encore des mêmes faits que,
hors de ses limites, la puissance n'a pris
que des mesures légales et autorisées par
notre régime constitutionnel.

C'est là précisément tout ce que je m'é-
tois promis d'examiner.

Je passe maintenant à un autre examen.

Après s'être constitué *victime*, l'auteur de l'écrit qui m'occupe se livre à quelques considérations sur les causes de la grandeur et de la décadence de la police. Dès son début, il s'écrie : « O Dieu de miséricorde ! si quelque homme peut ressembler à cet être malfaisant, qu'on nous peint occupé sans cesse à détruire tes ouvrages, n'est-ce pas le persécuteur (1) ? »

Rien de plus juste assurément. Certes ! ce n'est pas une telle vérité que je combattrai, mais seulement l'application qu'on en veut faire, ou plutôt je n'ai pas besoin de la combattre. Si j'ai prouvé qu'il n'y a pas eu de victime, il n'est plus besoin de prouver qu'il n'y a pas eu de persécuteur.

Une autre citation, empruntée à Montesquieu, me paroît plus grave, sans être pourtant plus difficile à réfuter. Elle tend à flétrir une classe tout entière de la société. Les raisonnemens auxquels elle sert

______

(1) Voltaire.

de texte ont pour objet de faire croire que les lois d'exceptions ont été demandées et obtenues dans l'intérêt et selon les vues de l'aristocratie.

Voici ce que dit Montesquieu : « Les nobles, ou privilégiés, appellent à eux les subsides, sous prétexte de rétribution ou d'appointement pour les emplois qu'ils exercent ; ils rendent le peuple tributaire, et se partagent les impôts qu'ils lèvent sur lui. Une aristocratie, *en cas pareil, est le plus dur de tous les gouvernemens.* »

Ce passage de Montesquieu, on le voit, n'a aucune espèce de rapport avec notre situation actuelle. *Le cas n'est pas pareil.* Nous vivons sous un gouvernement représentatif, et nullement sous un gouvernement aristocratique.

Montesquieu, ayant écrit sur toutes les formes de gouvernement, a dû nécessairement présenter les avantages et les inconvéniens de chacun d'eux. Avec Montesquieu on peut tous les condamner comme tous les absoudre ; il ne faut, pour cela, que citer à moitié.

Montesquieu n'a-t-il pas dit également : *La France sera perdue par les gens de guerre* (1)? Irai-je me servir de ces paroles, qui sembloient prophétiques, pour regarder tous nos guerriers comme des ennemis de l'Etat ? Ce seroit une folie.

Ainsi, lors même que nous aurions un gouvernement aristocratique, comme à Venise, la citation de Montesquieu ne prouveroit rien, puisqu'elle n'est pas complète ; que l'on juge ce qu'elle prouve pour nous, chez qui la démocratie a plus de force et plus de priviléges que l'aristocratie !

Le gouvernement aristocratique a ses abus ; qui en doute? mais il a ses avantages. Je pourrois m'appuyer, si j'avois besoin de le prouver, de l'autorité de Montesquieu ; ou

____

(1) *Pensées diverses.*

mieux encore, de celle d'un républicain. Machiavel dit, dans ses discours sur Tite-Live : « Si l'on me demande à quelles mains il faut confier le dépôt de *la liberté*, je répondrai : le pouvoir populaire, à Rome, ne la garda pas aussi long-temps que le pouvoir aristocratique à Sparte, et de nos jours le même pouvoir à Venise. »

Mais il ne s'agit nullement, ici, de justifier ou de condamner le gouvernement aristocratique. Il n'existe point en France, il n'y a jamais existé. La noblesse n'étoit point, autrefois, constituée en corps politique ; tandis que les parlemens, défenseurs des intérêts du peuple, et dont les membres sortoient tous des familles riches et éclairées qui faisoient partie de ce peuple, étoient un des grands pouvoirs de l'Etat. Les parlemens résistoient aux entreprises de la couronne, et l'on sait de quel courage, je dirai même de quelle audace, ils ont plus d'une fois marqué leur résistance. Ils le pouvoient alors, parce que la couronne étoit toute puissante. On les appeloit les pères de la patrie, et ce titre prouve assez que le peuple qui le leur donnoit, les considéroit comme faisant cause commune avec lui.

Ce n'est que lors de la convocation des Etats-Généraux que la noblesse, s'y faisant représenter, devenoit un des trois pouvoirs de la société, pouvoir qu'elle partageoit avec les deux autres classes, le clergé et le tiers-état.

Si la noblesse n'étoit point, avant 89, un corps constitué dans l'Etat, comment ose-t-on aujourd'hui nous parler d'un gouvernement aristocratique, mieux encore d'une *oligarchie ?* Quel est donc ce fantôme dont on cherche à effrayer les esprits qui manquent de lumières ? Dans quel dessein ? Semer des alarmes, c'est vouloir troubler l'Etat ; créer des dangers, c'est faire une nécessité de la défense, et, une fois en mesure de se défendre, ne dira-t-on pas qu'il faut attaquer ?

L'aristocratie, en France, n'a d'autres

droits , d'autres pouvoirs que ceux qui lui sont concédés par la Charte (1). Or quiconque respecte la Charte doit aussi respecter l'aristocatie constitutionnelle , car elle fait partie de notre gouvernement représentatif; il n'est pas plus permis de la séparer des autres pouvoirs qu'il ne le seroit de vouloir méconnoître le pouvoir royal ou le pouvoir populaire : quand on vit sous un gouvernement il faut nécessairement adopter toutes les institutions sur lesquelles il repose, et sans lesquelles il n'existeroit pas.

Mais il est temps de quitter les questions secondaires, pour arriver à la question générale. Ce n'est que pour traiter cette question que je me suis servi de l'écrit de M. le maréchal Berton. Il me falloit un fait; il me l'a fourni.

---

(1) On voit que je parle ici de la Chambre des Pairs. Quant à la noblesse, considérée comme distinction sociale, la Charte la consacre également; et il est assez singulier de la voir chaque jour outragée par des hommes qui, s'il faut les en croire, *veulent toute la Charte.*

Les lois d'exceptions ont été demandées par le ministère à l'ouverture de la session. Elles ont été accordées par la majorité des deux Chambres.

Le côté gauche les a combattues. Le côté droit et le centre, réunis à toujours, les ont votées.

Le côté gauche les a présentées comme destructives de toutes nos libertés, comme portant atteinte à l'inviolabilité de la Charte.

Le côté droit et le centre les ont envisagées comme nécessaires dans la situation où se trouvoit alors la France; et, pour les voter, ils se sont autorisés de la Charte qui leur en donnoit le droit; de l'Angleterre qui leur offroit son exemple, et de ce principe d'éternelle raison et d'éternelle justice : « Qu'il est des cas où la liberté d'un seul doit être violée pour que celle des autres soit conservée (1). »

____

(1) *Esprit des Lois.*

Les événemens n'ont que trop justifié combien la situation de la France rendoit ces lois nécessaires. La majorité des Chambres, et le ministère, n'ont donc pas manqué de prévoyance. Ils se sont armés pour le danger. Qu'a-t-on à dire? Le danger est venu.

Il ne reste donc, au côté gauche, qu'une ressource pour ses attaques; c'est l'abus que le ministère auroit fait de ces lois.

Un abus de cette nature a été dénoncé au public. J'ai prouvé au public qu'il n'y avoit point eu d'abus.

Ainsi, devant la vérité, un parti qui voudroit faire croire que nous avons *le plus dur de tous les gouvernemens*, sera contraint au silence.

Le Roi qui nous a donné la liberté, ne sauroit vouloir la reprendre; elle est un de ses titres à l'amour des Français: sans lui, despotisme ou anarchie; avec lui, la justice, l'ordre et les lois.

Ce n'est pas sous le règne des Fils de saint Louis que les voûtes de Vincennes parleront.

FIN.